Max e Elle

e suas Aventuras com Eletricidade

Por: Duncan Watt

diga olá para

e também para

Max

Elle

Max e Elle

e suas **Aventuras com Eletricidade**

por: *Duncan Watt*

A **eletricidade** está em tudo,
faz parte da natureza.

Mas você não pode **vê-la**,
nem cheirá-la,
nem tocá-la.

Nós a usamos em nossas **casas**,
em nossas cidades.
A eletricidade pode ser utilizada
em quase tudo!

O que é Eletricidade? É o fluxo de pequenas partículas, chamadas prótons e elétrons, que se movem em diferentes direções. Os primeiros que falaram sobre eletricidade foram os **egípcios**, por volta de **2750 a.C.**, quando receberam choques de enguias no Rio Nilo.

Max e Elle
são melhores **amigos**.

Eles amam a **natureza**
e gostam de aventuras.

Um dia, Elle disse pra Max:
– Uma tempestade está chegando! Olhe aquela pipa!
Max, animado, respondeu:
– Vamos investigar! Será a nossa **aventura**!

Como representamos a Eletricidade? Como não pode ser vista, os cientistas a representaram de várias maneiras. Mas foi em **1876** que **James Maxwell** a representou com fórmulas matemáticas universais chamadas as Equações de Maxwell (Max & Elle).

De repente, ouviram um trovão.
Em seguida, viram um raio
e **faíscas** descendo
em direção a uma chave que estava
dentro de um pote.

⑧

Com a chave iluminada na mão,
Sr. Franklin, feliz, sorria.
Então, ele contou a Max e Elle:
– É a eletricidade que está se **movendo!**

Por onde a Eletricidade se move? Ela flui através de fios e cabos de metal, assim como a água passa por uma mangueira. Em **1752**, **Benjamin Franklin** demostrou esse movimento por um experimento com uma pipa e raios. Não faça isso! É muito perigoso.

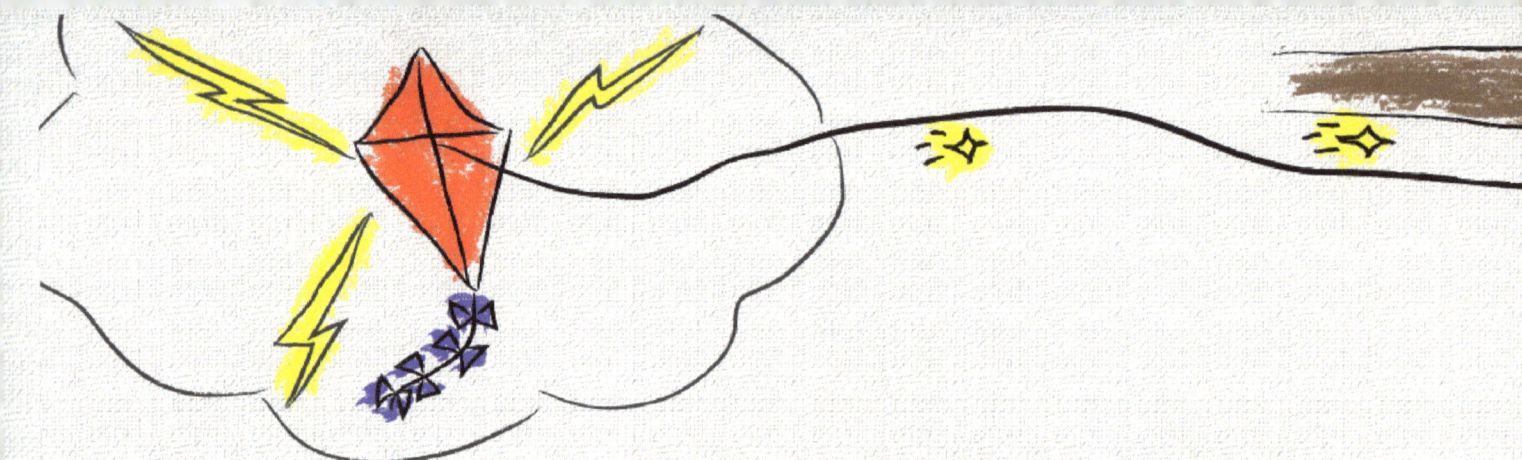

– Estou muito molhado!
Disse o Sr. Franklin.
– Vamos para a casa do Sr. Edison,
e assim teremos **luz e abrigo**.

⑩

Quando entraram na casa,
viram uma sala muito iluminada.
– É por causa das
minhas **lâmpadas**!
O **Sr. Edison** explicou.

Como funciona a lâmpada? Quando a eletricidade passa por alguns materiais, eles emitem luz que chamamos de fótons. Em **1879**, **Thomas Edison** fabricou a primeira lâmpada elétrica para uso comercial, dando-nos luz e calor até hoje.

11

Saindo da casa do Sr. Edison, Max e Elle perceberam que as lâmpadas ainda brilhavam mesmo sem os raios.

– Como continuam **acesas**? os dois se perguntavam.

Disse-lhes o **Sr. Volta**:
– Por favor, venham me visitar no meu sítio. Temos eletricidade por muito tempo com as **baterias** que fabrico!

Podemos armazenar a Eletricidade? Por si só a eletricidade não pode ser armazenada como a comida ou água. Ela deve ser transformada em outra forma de energia. Em **1800**, **Alessandro Volta** criou a primeira bateria elétrica chamada "Pilha Voltaica", armazenando eletricidade como energia química.

Depois de estarem com Sr. Volta,
Max e Elle se sentiam bastante **cansados**.
Foi quando eles viram um carro estranho
que tinha um motor em seus pneus.

- Vocês precisam ir a algum lugar? perguntou o **Sr. Faraday**.
- Meu carro usa um **motor elétrico**, com ele vou para qualquer lugar!

Como funciona o Motor Eléctrico? Os motores elétricos são construídos com imãs e bobinas. Quando a eletricidade circula, os motores giram e nos ajudam a mover muitas coisas. Em **1821**, **Michael Faraday** criou o primeiro motor elétrico e em 1855 Anyos Jedlik nos apresentou o primeiro carro elétrico.

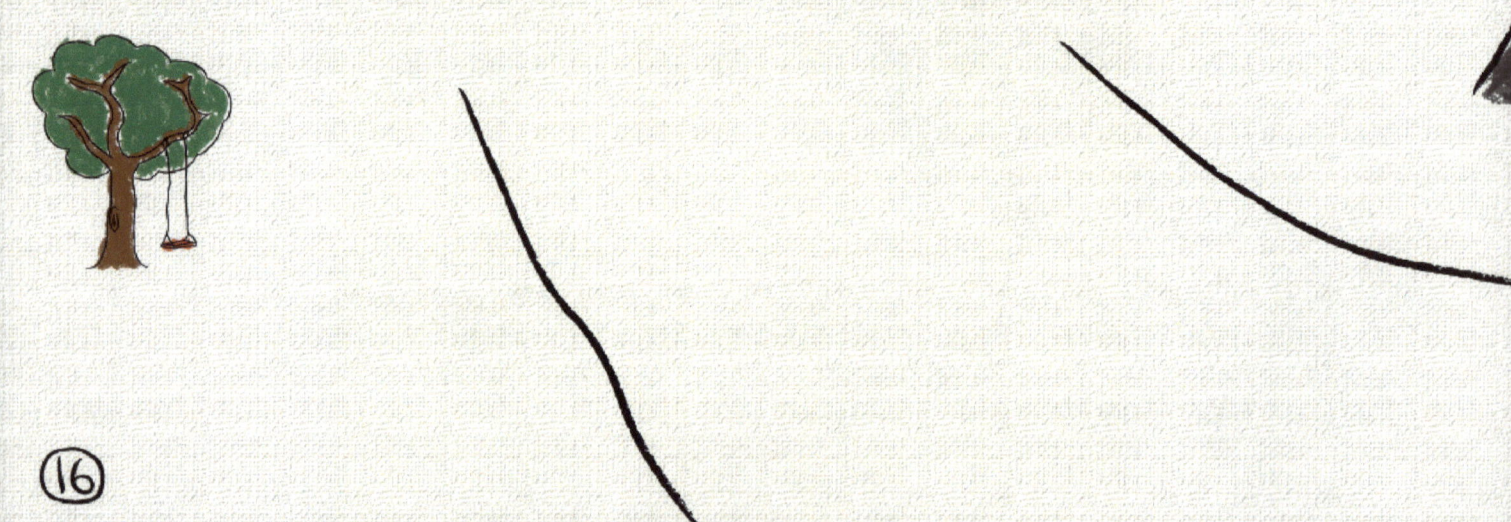

– Esquecemos de contar esta aventura aos nossos pais!
Elle e Max exclamaram
quando o Sr. Faraday os deixou.

Quando viram um casal **falando** com uma caixa,
ficaram curiosos e foram para lá.

Depois que Max e Elle agradeceram aos Bell,
eles começaram a ouvir uma **música**
de fundo, mas nenhuma
banda estava tocando
e ninguém estava cantando.

– Venham para minha festa!
Se quiserem podem dançar!
A música vem do meu **rádio**!
Disse o **Sr. Marconi** alegremente.

Como funcionam o Rádio? As ondas eletromagnéticas são um tipo de energia elétrica que viaja pelo espaço. Os rádios capturam essas ondas com antenas e as convertem em sons e informações. Em **1897**, **Guglielmo Marconi** fabricou o primeiro rádio usando os princípios de telecomunicações propostos por Nicola Tesla em **1893**.

Depois de dançar com o Sr. Marconi,
Max e Elle ficaram com fome.
Da cozinha vinha um delicioso aroma
de **comida** que os chamava.

– Venham e comam comigo.
O **Sr. Spencer** convidou.

– Acabou de sair do meu
forno micro-ondas
e é muito saboroso.

Como cozinha um forno micro-ondas? Ele usa ondas eletromagnéticas específicas que aquecem a água dentro dos alimentos. Em **1947**, **Percy Spencer** descobriu isso quando trabalhava com antenas e, de repente, uma barra de chocolate derreteu. Com a criação do forno, a primeira comida preparada foi pipoca.

Quando terminaram a refeição
com o Sr. Spencer na cozinha,
Max e Elle ficaram muito satisfeitos
e viram que um **filme** estava começando na sala.

– Venham pra cá e juntem-se a mim.
Disse o **Sr. Baird** de sua cadeira.
– Enquanto vocês descansam seus pés,
vejamos um programa em minha **televisão**.

Como funciona a televisão? A tela da televisão possui pequenas lâmpadas que ao receberem sinais elétricos produzem imagens. Em *1925*, **John Baird** construiu a primeira televisão e transmitiu por ela imagens de uma marionete chamada Stooky Bill.

Depois de assistirem ao filme com o Sr. Baird,
perceberam que suas coisas
eram **grandes e pesadas.**

Então Max e Elle perguntaram um ao outro:
– Como podemos carregar tudo isso?

Laboratório

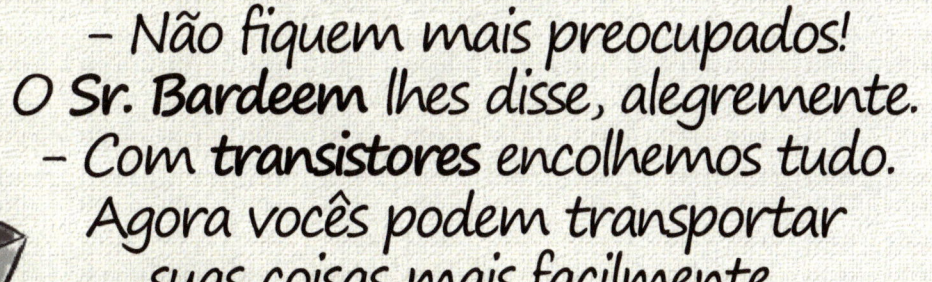

– Não fiquem mais preocupados!
O **Sr. Bardeem** lhes disse, alegremente.
– Com **transistores** encolhemos tudo.
Agora vocês podem transportar
suas coisas mais facilmente.

↑ Transistor

←Entra   Sai→

O que faz um transistor? Ele permite que os equipamentos usem muito pouca eletricidade e, por isso, possam ser bem menores e transportáveis. Em 1947, **John Bardeem** e uma grande equipe inventaram esse componente, tornando atualmente nossas vidas muito mais fáceis.

– Esquecemos de fazer nossas **lições**!
Disse Elle enquanto se distanciavam do Sr. Bardeem.
– O que podemos fazer?
Max disse muito preocupado.

Como funciona um computador? Ele trabalha com programas chamados "softwares" que nos permitem fazer cálculos matemáticos, escrever, ouvir música e até assistir a filmes. Em 1944, Grace Hopper escreveu o primeiro programa de software para um computador eletrônico, transformando de muitas maneiras as coisas que fazemos hoje.

Ao agradecer a Sra. Hopper por sua ajuda,
Max e Elle lembraram que
era o aniversário de um amigo.
– Como podemos **cumprimentá-lo?**
Eles se perguntaram.

– Por favor, não se preocupe.
Disse, calmamente, a **Sra. Lamarr**.
– Conecte-se pelo meu **Modem WiFi**
e use a Internet para falar com ele.

O que é o WiFi Modem? É um tipo de rádio que permite que os equipamentos eletrônicos falem uns com os outros, transmitindo informações que chamamos de "Bits" sem o uso de cabos através da Internet. **Hedy Lamarr**, que também foi atriz, desenvolveu essa tecnologia na década de **1940**.

Enquanto celebrava com a Sra. Lamarr,
um telefone com antena tocava.
Eles pegaram e atenderam:
– Oi, quem está **falando**?

– Sou eu, a **Sra. Jackson**,
com meu **celular** na mão.
Faz um dia lindo lá fora.
Vocês gostariam de brincar?

Como os celulares conversam entre si? Eles utilizam muitas antenas na cidade e no campo. Com eles podemos conversar com qualquer pessoa e em qualquer lugar. Nos anos **1970**, **Shirley Jackson** inventou várias tecnologias, como o identificador de chamadas que usamos nos telefones celulares.

Depois de brincar
Elle e Max voltaram **pra casa**,

eles mudaram as **lâmpadas**
e recarregaram **baterias**,

e uma vez terminadas
todas as tarefas,
fizeram pipoca de **micro-ondas**.

Ouviram música no **rádio** e também viram **televisão**.

Conversaram usando **computadores** e a **Internet**.

Eles também usaram **celulares** e conversaram com muitos amigos em todo o mundo.

33

As vezes, alguns amigos
zombavam deles através dos
computadores e telefones, o que dei-
xava Max e Elle
muito bravos.

As vezes, Elle e Max
queriam falar com seus amigos que
não conseguiam
atender suas ligações, fazendo os
dois se sentirem **muito tristes.**

No final do dia,
os dois sentiram que algo estava **errado**.

Max e Elle estavam se sentindo sozinhos,
esqueciam suas aventuras
e tudo o que haviam aprendido.

De repente, a eletricidade parou
e tudo ficou **escuro**.
– O que devemos fazer?
Max e Elle disseram.

Então quando olharam um para o outro,
eles se lembraram:
– Lá fora está a **natureza**,
vamos sair e procurar novas **aventuras**!

Fim

37

Notas para pais e adultos:

Este livro representa uma viagem por meio da história da eletricidade e eletromagnetismo utilizando conceitos simplificados e invenções que usamos até hoje.

Lembre-se sempre que a eletricidade é muito perigosa e que tocá-la pode ser muito prejudicial para adultos e crianças. Alguns desenhos mostram atividades e experimentos que só podem ser feitos sob a supervisão de um adulto e com muito cuidado.

Este livro também tenta mostrar para adultos e crianças como usamos e como dependemos da tecnologia. Há muito para ver na natureza, mas nós tendemos a esquecer disso.

Sobre o Autor:

Desde pequeno, a eletricidade me surpreendeu. Parece magia: algo invisível que torna muitas coisas possíveis.

Vejo os cientistas e inventores que fizeram essas descobertas como grandes feiticeiros que conseguiram encontrar respostas e construir maravilhas que utilizamos atualmente.

Quero agradecer a Lucília, minha família, meus sobrinhos e amigos que me inspiraram a criar este livro.

As imagens e fotografias retratadas neste livro som compartilhadas usando o Creative Commons Attributions-Share Alike S.A. Unported License e obtidas através da Wikimedia Commons Image Library.

Referências: Invenções/Descobertas (Capa Posterior):

1. Forma Diferencial das Equações de Maxwell, Autor: YassineMrabet
2. Experimento de Franklin com Raios – Junho 1752, Autor: Currier & Ives
3. Lâmpada Original de Thomas Edison – 1880, Musée des Letres et Manuscrits Paris, Autor: Tieum512
4. Pilha Voltaica por Alessandro Volta – 1800, Tempo Voltiano – Como Italy, Autor: GuidoB
5. Diagrama do Motor Elétrico Faraday – 1821, Quarterly Journal of Science Vol. X11 – 1822
6. Telefone antigo – 1920, Patticheom Museum Limassol, Autor: Catlemur
7. Radiorreceptor Marconi Type 3 – 1920, Government License Examinations p.68, Autor: Elmer Eustice Bucher
8. Forno de Micro-ondas Raytheon em NS Savannah, Baltimore Maryland – Maio 2012, Autor: Acroterion
9. Transmissão de Televisão em 1925 na Tenda Selfridges em Londres, Popular Radio Magazine, Autor: Orrin Dunlap Jr.
10. Réplica do primeiro transistor para o Aniversario 50 de sua invenção – 1997, Autor: Empregado Federal EUA
11. Computador Atanasoff-Berry (ABC) em Iowa State University – 2006, Autor: Manop
12. Modem Analógico Bell 103 do ano 1962, Autor: Rebekah Magill
13. 1984 Motorola Dynatac 8000 com a marca British Telecom e display LED vermelho – 2008, Autor: Redrum0486

Referências: Inventores/Científicos (página is indicado)

1. Página 7: Fotografia do jovem James Clerk Maxwell, Autor: Desconhecido
2. Página 9: Retrato de Benjamin Franklin – 1778, Autor: John Duplessis
3. Página 11: Retrato de Thomas Edison – Impressão Fotográfica, Circa 1922, Autor: Louis Badrach – Badrach Studios New York
4. Página 13: Retrato de Alessandro Guisseppe Antonio Anastasio Volta, Autor: Desconhecido
5. Página 15: Imagem de Michael Faraday segurando um imã – 1860, Autor: Moll & Polybank
6. Página 17: Retrato de Alexander Graham Bell – entre 1914 – 1919, Autor: Moffet Studios
7. Página 19: Retrato de Guglielmo Marconi – 1908, Autor Pach Brothers
8. Página 21: Fotografia de Percy LeBaron Spencer, Autor: Desconhecido
9. Página 23: Fotografia de John Logie Baird – 1917, Autor: Desconhecido
10. Página 25: Fotografia de (da esquerda) John Bardeem, William Shockley y Walter Brattain – 1948, Autor: Jack St.
11. Página 27: Fotografia de Grace Hopper em seu escritório – 1978, Autor: Lynn Gilbert
12. Página 29: Fotografia Publicitária de Hedy Lamarr – 1944, Autor: desconhecido
13. Página 31: Fotografia de Shirley Jackson em reunião anual – 2010, Autor: Qilai Shen